기획의 말

그리운 마음일 때 'I Miss You'라고 하는 것은 '내게서 당신이 빠져 있기(miss) 때문에 나는 충분한 존재가 될 수 없다'는 뜻이라는 게 소설가 쓰시마 유코의 아름다운 해석이다. 현재의 세계에는 틀림없이 결여가 있어서 우리는 언제나 무언가를 그리워한다. 한때 우리를 벅차게 했으나 이제는 읽을 수 없게 된 옛날의 시집을 되살리는 작업 또한 그 그리움의 일이다. 어떤 시집이 빠져 있는 한, 우리의 시는 충분해질 수 없다.

더 나아가 옛 시집을 복간하는 일은 한국 시문학사의 역동성이 드러나는 장을 여는 일이 될 수도 있다. 하나의 새로운 예술작품이 창조될 때 일어나는 일은 과거에 있었던 모든 예술작품에도 동시에 일어난다는 것이 시인 엘리엇의 오래된 말이다. 과거가 이룩해놓은 질서는 현재의 성취에 영향받아 다시 배치된다는 것이다. 우리는 현재의 빛에 의지해 어떤 과거를 선택할 것인가. 그렇게 시사(詩史)는 되돌아보며 전진한다.

이 일들을 문학동네는 이미 한 적이 있다. 1996년 11월 황동규, 마종기, 강은교의 청년기 시집들을 복간하며 '포에지 2000' 시리즈가 시작됐다. "생이 덧없고 힘겨울 때 이따금 가슴으로 암송했던 시들, 이미 절판되어 오래된 명성으로만 만날 수 있었던 시들, 동시대를 대표하는 시인들의 젊은 날의 아름다운 연가(戀歌)가 여기 되살아납니다." 당시로서는 드물고 귀했던 그 일을 우리는 이제 다시 시작해보려 한다.

기획의 말

그리운 마음일 때 'I Miss You'라고 하는 것은 '내게서 당신이 빠져 있기(miss) 때문에 나는 충분한 존재가 될 수 없다'는 뜻이라는 게 소설가 쓰시마 유코의 아름다운 해석이다. 현재의 세계에는 틀림없이 결여가 있어서 우리는 언제나 무언가를 그리워한다. 한때 우리를 매혹시켰으나 이제는 읽을 수 없게 된 옛날의 시집을 되살리는 작업 또한 그 그리움의 일이다. 어떤 시집이 빠져 있는 한, 우리의 시는 충분해질 수 없다.

더 나아가 옛 시집을 복간하는 일은 한국 시문학사의 역동성이 드러나는 장을 여는 일이 될 수도 있다. 하나의 새로운 예술작품이 창조될 때 일어나는 일은 과거에 있었던 모든 예술작품에도 동시에 일어난다는 것이 시인 엘리엇의 오래된 말이다. 과거가 이룩해놓은 질서는 현재의 성취에 영향받아 다시 배치된다는 것이다. 우리는 현재의 빛에 의지해 어떤 과거를 선택할 것인가. 그렇게 시사(詩史)는 되돌아보며 전진한다.

이 일들을 문학동네는 이미 한 적이 있다. 1996년 11월 황동규, 마종기, 강은교의 첫 시집들을 복간하며 '포에지 2000' 시리즈가 시작됐다. "생이 덧없고 허기질 때 이따금 가슴으로 암송했던 시들, 이미 절판되어 오래된 명성으로만 만날 수 있었던 시들, 동시대를 대표하는 시인들의 젊은 날의 아름다운 연가(戀歌)가 여기 되살아납니다." 당시로서는 드물고 귀했던 그 일을 우리는 이제 다시 시작해보려 한다.

숲을 떠메고 간 새들의 푸른 어깨

문학동네포에지 070

고찬규 시집

숲을
떠메고
간
새들의
푸른
어깨

시인의 말

행복에 젖거나 불안에 떨거나
못다 부른 노래 있고
아직 그리운 세상 있으니
바로 너 아니냐
사람아, 사랑아

2004년 11월
고찬규

개정판 시인의 말

'나의 직장은 시'라고 했던 시인과
'혁명은 안 되고 방만 바꿔버렸다'고 했던 시인과
거기 당신과

어떤 꿈에 대해서
다시금

2022년 겨울
고찬규

차례

3부

4부

1부

섬

섬을 섬이게 하는 바다와
바다를 바다이게 하는 섬은
서로를 서로이게 하는
어떤 말도 주고받지 않고
천년을 천년이라 생각지도 않고

만종

구부린 등은 종이었다

해질녘,
구겨진 빛을 펼치는
종소리를 듣는다, 한 가닥
햇빛이 소중해지는

진펄밭 썰물 때면
파인 상처를 생각할 겨를도 없이
호밋날로 캐내는, 한 생애

쪼그린 아낙의 등뒤로
끄덕이며 끄덕이며 나귀처럼
고개 숙이는 햇살
어둠이 찾아오면, 소리 없이

밀물에 잠기는 종소리

깨꽃
—솎아내기

힘줄 같은 싹이 돋는다, 파르라니
텃밭 가득 흩뿌려진 욕심
거두는 것도 당신의 몫이었으니
손길 손길마다 반복되는
뿌리에 대한 물음
그것은 한 밭 가득 흩뿌려진
들깨씨에 비할 바가 아니었다
헤아릴 수 없는 물음 끝
어린순에 가닿는 익숙한 손끝의 떨림이란
차라리 첫날밤의 그것이었다
어머니는 새싹이었다
평생 땅을 밀어올리는 것으로
하늘을 떠받들던
어머니는 언제 또 밤하늘을 일구셨나
들깨 모종이 끝나던 날
밤하늘은 온통 깨꽃들의 잔치였다

마음의 등불

반짝이는 눈도 없이 별을
노래하려느냐
무엇이 있어 어둠 꿰어
수놓겠느냐, 잠든 밤

스스로를 밝히는 별빛도
스스로를 노래하던 풀벌레 소리도
이미 하나의 생을 위한
홀로의 몸짓이 아니었다
밤하늘 멀리 피워올리는 교신
살아 있음을 일깨우는, 영원한
귓가에 소곤대는 복음 그리고
새벽종과 함께 스미는 눈물

바람 부는 날에도 숨죽인
동굴은 있고
그 안에 등불을 밝히는
마디 굵은 거친 손이 있다

북디자이너

페이지는 숨죽이고 있다
책 속에 길이 있다고 굳게 믿고 있는
그녀가 꿈꾸는 세상은 모니터 속에 있다
바깥소식이 궁금할 틈은 없다
복도 끝 걸터앉기 좋은 계단에도
그녀는 엉덩이를 허락한 적이 없다
하루에도 몇 번씩 그녀의 시선이 향하는
창밖에는 한 그루 나무가 있었지만
눈길은 햇살에 차단당한다
그녀의 입김이 닿지 않는 곳으로부터
봄은 오고 꽃잎은
내려앉을 곳을 찾지 못한다
오래 묵은 깊은 숨이
꽃잎과 날리는 찰나
누군가의 소식이 날아오고
모니터의 페이지를 따라
그녀의 꿈은 끊임없이 이어지고
창밖에는 드레스를 입은 나무가 떠나가고 있다

금은방

더 많은 주름을 거느린 담에 기댄 채
할머니는 꾸벅꾸벅 끄덕이며
청춘을 푸른 하늘처럼 펼쳐놓는 중
햇빛은 이내 뒤따라온 햇빛에 밀리면서
과거를 비춰주지 못하고 바삐 사라진다
가지런히 돌고 돌았다 골목 골목은
거대한 팽이가 되어
스스로 상처를 드러내는
계절은 채찍이었다 변해야만 했다
담쟁이는 담의 일부
잎이 또 한번 피었다 졌다
듬성듬성 낡은 시간이 덧칠해져 있다
저 시간 속에서 얼마나 많은 생들이 숨죽이고
속절없이 아기들은 울었던가
시장이 있고 두 개의 약국과 하나의 병원
할머니가 기댄 담벼락 맞은편 금은방 앞에는
어떤 시계로도 돌려놓을 수 없는 화려한 추억
주섬주섬 할머니가 볕에 말리고 있는 것은
꿈으로 갈고닦은 보석인가
서로 다른 빛으로 반짝이는 각각의 둥지
시계가 시간을 따라 떨어져나가고
금은방이 된 금은시계방
시침에 찔려 언제나 봄인 뻐꾸기와
목과 목을 옭아매는 목걸이

주렁주렁 장신구며 보석이
저마다 제 몫을 반짝인다
햇빛은 할머니를 찔러보지만 더이상
청춘은 푸른 하늘처럼 펼쳐지지 않는다
할머니는 오늘도 사막의 복판에서 구불구불
낙타의 등허리를 밟아 길을 가는 중

붉은 시장

1

횡단보도가 있었지만 좀처럼 신호는 바뀌지 않았다 사람, 사람들 속에서 출근길 가장의 발걸음보다 더 바쁘게 깜박거리는 신호를 기다린다 새로운, 어느 누구의 음모도 욕망도 아닌

2

노파가 있고, 서너 개의 함지박엔 기미 같은 곡물 그녀의 입은 기울인 됫박이 되어 좁쌀 같은 혼잣말과 뉘처럼 거친 말들을 쏟아놓는다 때때로, 마침표처럼 박힌 검정콩을 쪼던 비둘기들이 둥근 하늘에 점점이 말줄임표를 새겨 넣었다 가슴속, 시퍼런 멍을 간직한 채 둘러앉아 뚝, 뚝 배추를 다듬는 손들은 꼭 자신의 손등을 닮은 잎만을 밤새 수북이 쌓아놓곤 한다 어떤 귀퉁이는 소란스럽고 목소리가 큰 사람은 의기양양했지만 스스로는 알고 있다 돌아서면 이긴 것도 얻은 것도 없는 결국 바겐세일의 생을

3

자(尺)와 저울과 붉은 알전구 아래의 꼼지락거림 이 모든 것 절실함이었을 뿐 누구도 삶이나 희망 혹은 구원의 노래에 대해서는 애써 말하지 않았다 칼자루를 쥔 정육점 아저씨의 손길만큼이나 덤덤한 시장의 밤, 낮은 해가 뜨거나 불이 켜지는 것으로 더욱 구별되지 않았다 유

리 상자 속엔 곱게 바수어진 꿈이 가득 진열돼 있다 쉽게 지나치는 거리는 여전히 아우성의 질서 속에 가랑이를 당당히 벌리고 있다, 검붉은

탱자꽃

—언젠가, 손가락 하나 들어갈 틈이 없던 탱자나무 울타리 속은 얼마나 넉넉한 품이었던가 상처 입은 새들, 부드러운 털가슴에 피 한 방울 묻히지 않고 잠들 수 있던 얼마나 견고한 성(城)이었던가 그때 내 가슴엔 또 얼마나 많은 가시가 돋아 있었던가

고통 속에서 피는 꽃이라고
딱히 말할 근거는 어디에도 없지만

새떼들 날아오르는 텅 빈 오후

어둠을 모아 두 눈을 찌르는
총총한 별처럼

그렇게 어두운 귀퉁이
아픈 마음 한구석

무더기무더기 탱자꽃 피었네

새떼들 날아오르는 텅 빈 오후엔

꽃그늘조차 그저 그늘이었네

길 안의 둥지

저마다 사연 있는 놈들이 모여
꽃과 향기와 거시기를 굴뚝도 없이
노을 혹은 거짓말처럼 피워올리는
겨울 천변 공사판
드럼통에 갇혀 몸부림치는
그을음과 언뜻언뜻 하늘로 차오르는
초저녁 불꽃을 보다보면
이곳까지 와닿은 발길과
짝 맞지 않는 목장갑, 간혹
구색에 맞춰 뒤로 돌아선 엉덩짝이
다 내 것이요 네 것이다
이럴 때면 흔해빠진 골목길
그 따뜻한 불빛을 생각한다
타오르며 사그라지는 것들의 고단함
가까이 다가가면 꺾어져 이어지는
골목과 동그란 아랫목
이를테면 애호박 하나 달고 저물어가는
노오란 호박꽃의 한 생을
떠올리는 것이다 모처럼
겨울 앞에 서 있는 겁 없음이
하루를 살아온 자의
귀갓길 안에 놓여 있는 것이다

감각적이지 않기

1

더이상 새로움은 없다 풍향계가 두 팔을 이리저리 돌려보며 방향을 찾지 못하는 지난날처럼 바람이 많거나 오늘처럼 적은 날 대가를 위하여 견뎌온 날들이 아니었기에 알몸 곳곳에 스스로 움이 돋는 고목을 본다 아직 때를 모르고 옮겨 심을 땅도 마련하지 못했다 방안에선 접시에 담아놓았던 감자가 싹을 내밀더니 연한 순을 기른다

2

이제 더이상 새로움은 없다 때아닌 뱀딸기가 뱀이 아니면 먹지 못할 만큼 아름답게 붉다 시인들은 보다 화려하게 절망을 수식하고 누구나 자유로운 만큼만 떳떳했다 발가벗은 이는 없었지만 발가벗은 듯이 보이려는 이들이 밖으로 뛰쳐나오는 봄날 꽃보다 아름답던 꽃병을 불사르던 가슴에는 저마다 선명한 불꽃이 있었음을 안다 세월이 지남에 따라 길은 구부러질 줄 알아 길이었다

3

여러 갈래의 길이 거북등처럼 갈라져 있음을 인정하기 위해선 딱딱한 추억을 간직해야만 했다 씹어도 맛을 느끼지 못할지라도 치열했던 만큼 적어도 느낌이 아름답기 위하여 이 시대에 걸맞은 감각으로 보다 감각적이지 않기 위하여 눈을 감고 초록을 본다 움츠렸던 것이 움을 내밀 때 발밑에 무언가 꿈틀거릴 때 바로 이것이다 싶을 때

비로소 본다 더이상 새로운 것은 새로운 곳에 있지 않다

샘치기

오래된 샘을 보겠네
이젠, 샘솟지 않는

저 안에 들어가기 위해서는
먼저 물을 다 퍼내야 하네
아니, 내 안을 속속들이 퍼내야 하네

눈물샘 같은 저 안에는
맹세처럼 낡지 않는 일기장과
날 푸른 은장도와 과거처럼 빛나는 동전
혹, 새로운 상을 준비하는
우렁 각시가 있을지도 모른다네

어디로도 흘러가지 못하는 샘
갈증을 달래주던 샘
울지도 웃지도 않는 샘
이젠 나를 비추지 못하네

내가 던진 돌 위로
언제부턴가
연꽃이 벙글 듯하네

단장(丹粧)

아무도 견디려 하지 않던 가지 끝에서 당신은 자라고 있었다 내 어느 한구석도 비워놓지 않았는데 골짝의 눈은 녹아 눈물 한 방울 보태주지 않은 강 흐른다 어느덧, 머뭇거리는 자는 갈 데까지 가지 못하고 갈 곳 없어 하는 마음만 남아 낮달로 떴다 지난날 수도 없이 눈을 맞추던 별이 나만의 별이 아니었음을 어설프게 깨달아가면서 물오르는 가지 끝 푸르게 맺힌 멍울을 본다

해묵은 것들을 모아 모닥불을 피운다 비가 내리지 않아도 젖은 눈 가지 끝에 자라나는 겨울눈을 본다 혈관을 따라 도는 피톨들 가지런히 도는 것만이 능사는 아니었다 분수처럼 내 안의 피도 솟구치고 싶은 것이라며 또륵또륵 목련 끝 눈망울이 토악질을 한다 나비처럼 절뚝이며 다가오는 계절의 희망 세상의 채워지지 않는 빈속을 들여다본다 밤이 짧아지면 오는 것이 꼭 봄은 아니었다 벌레처럼 달아나는 재울 수 없는 마음 느릿느릿 녹는 수도꼭지에 붉은 입맞춤을 전한다 늦기 전에 밤늦도록 화장을 한다

2부

꽃복숭아

아버지 정년퇴직 후
앞마당 텃밭은 줄어만 갔다
자꾸 넓어지는 꽃밭

꽃도 먹을 수 있는 열매를 맺어야 꽃이라는
어머니 앞에
한평생을 같이한 아버지는
이제 슬슬 눈칫밥이다

돼지우리 옆에 모과나무가 있고
그 옆으로는 꽃복숭아가 한창인데
손녀딸을 안고 할머니가 된 어머니
시어머니가 되어 벼락같이 한말씀 하신다
꽃복숭아 파내고 감나무나 대추나무 심어야겠다고

때까치가 놀라 저녁놀이 비끼고
딸아이는 마냥 헤헤거리고
아내의 두 볼에는 발그레 복숭아가 열렸다

대조동 아라리

1

붕붕거리며 날아가는 꿈을 꾸는 아침
큰길에는 자동차가 가득하다
가깝지도 멀지도 않게
일정한 거리를 유지하며
태양이 떠 있고, 항시
구름은 쫓기는 형상으로 어디론가 가고

출근길처럼 길게 늘어진 철근이
해병 병장 팔각모 아저씨의 어깨와
색 바랜 청재킷 젊은이의 어깨를 이어주는
지하철 공사 구간, 안전모는
감색 스웨터 위에서 안전하게 쉬고

꼬마의 손끝을 따라 애드벌룬이
누나라는 말처럼 예쁘게 떠 있는 걸
보았다, 노랗게 곪아버린 사연과
우체통 곁을 떠나지 못하는 소녀와
은행알을 줍는 할머니의 둥근 등허리와 함께

서로의 흔들림을 확인하는
바람이 끊임없이 불었고
어쩌다 듣게 되는
새들의 노래는 늘 새롭다

2

변한다는 사실만이 변치 않는
계절의 끄트머리, 오늘도
부풀리는 만큼 남는다고 믿는 사내는
새벽부터 빵을 굽고 있다

어떤 말이 필요할까
어김없이 찾아드는 밤하늘엔
중심부에서 밀려난 별들이
근근이 살아가고 있다, 저마다
그만큼 빛을 더한 채

코스모스 뿌리께에 꽃피던 날

푹 삭은 젓갈로 한끼를 해결하고
마루에 걸터앉아 배를 두드리네
충분히 그럴 수 있는 일이나
여전히 기분만은 묘해지네
줄 맞지 않아 뽑아 던진 코스모스가
시궁창에 거꾸로 처박힌 채
꽃피었으니,
이건 그야말로 꽃이 그냥 핀 게 아니라
꽃을 피운 거라고 봐야겠네
누가?

코스모스의 내력을 찾아
꽃핀 우주를 헤매네
이제 내가 할 일은
꽃을 노래하기보다는 하루라도
꽃피우는 시궁창에 머리를 처박는 것
비로소 세상의 시궁창에 온몸을 담그는 것
푹 삭은 젓갈처럼 그리하여
한끼쯤 밥맛 나게 하는 것
오오, 배불러 머리만 핑핑 돌아가는
이 밥맛!

불광동 대장장이

불광동 시외버스 터미널을 끼고
우측 골목으로 백여 미터 남짓
꺾어져 들어가면 대장간이 있다
불광동이라거나 희망으로 시작되는
혹은 어디를 거쳐 어디 졸업이라는 어떤
간판도 없는 대장장이 아버지와 아들, 아니
누가 봐도 두 노인은 엉덩이를 맴질한 것인가
일 년에 두어 번 시외버스를 타고
문산에 다녀오는 정도 두 대장장이는
그 입 또한 쇳덩이보다 무거운 것이어서
그들의 내력이란 미루어 짐작할 수밖에 없다
침묵의 세월을 담금질하는 망치질
보다 더 단단해 보이는 아직 쓸 만한 근육
내리칠 때마다 빛을 발하며
살아서 굴러다니는 눈알들, 먼지 쌓여
귀퉁이에 걸린 흑백사진과 영업허가증은
단지 걸려 있다는 것으로 제 몫이었다
땅, 땅, 속가슴 오래 묵은 응어리
날카롭게 벼리는 일만이 그들의 생이라는 듯
벌컥벌컥 물을 들이켜고 망치를 움켜쥔다
고개 숙인 대장장이, 물인지 땀인지
눈물인지 모를 것들만 끝없이 하염없이

자기소개서

해마다 첫눈이 내리고 이른봄에
시작된 문장은 꽃피지 않았다
저를 소개합니다, 라고
평범하게 써서는 안 된다
열어 보일 수 없는 머릿속, 가슴속을
톡톡 튀는 활자로 섬세하게 촬영해야 한다
어느 회사를 지망하느냐에 따라
소개도 조금씩 달라져야 할 것이다
얼마만큼 과장되고 얼마만큼 솔직할까는
어디까지나 나의 고민일 뿐
선택의 기준은 명확하리라
어떤 화려한 수사와 기교로도 치장할 수 없는
단 몇 줄의 약력
그간의 요약될 수 없는 삶은
나 아닌 누구의 것인가
눈물로 헹구는 서리꽃 같던 열정
가슴 깊이 간직한 채, 울컥
토해내지 못하는 뜨거운 안타까움
전공조차도 매끄러운 소개서를 쓰는 데 도움이 될 뿐
가산점을 기대할 순 없다

꼬리를 물고 어지러이 찍히는 생각의 발자국
또 첫눈이 내리려나 온몸이 찌뿌드하고
어디를 둘러봐도 채 꽃피지 않은

사랑, 사랑도 보여줄 수 있는가

야간열차

이미 오래되어 늘어져버린
젖가슴과 예매된 차표 같은 저마다의
깔깔한 무덤을 생각한다 풀처럼
흔들리며 바람에 의지하여 살았다고
말한다 부끄럽게도 부러짐이란
생각지도 못했다 삶 안에서

언제부터인가 더이상, 삶은
계란을 필요로 하지 않았고
부화에 실패한 인생은 부활을
믿지 않는다고 중얼거렸다 무표정으로
가끔은 한 줄의 김밥에 목이 메기도 하였다

부드럽게 풀리는 담배 연기에
기침 소리가 거칠게 얽힌다 숨을 멎고
왜 천사는 아기가 아니면 처녀일까
생각하다 그만두기로 한다 그저
아름다운 시절이 있었음을 떠올린다 누구나

오랫동안 날 것들은 날지
못했다 익숙하게 이어폰을 꽂고
창틀에 기댄다 부화에 실패한 인생도
날개 꺾인 아픔도 애써 추억하지 않는다
오래된 필름 같은 흑백 풍경 속

그나마 흙 파먹던 시절을 한 삽 떠올리며
기생충처럼 창가로 고개를 들이밀면
살아 있다는 갈증을 느끼며
가까이 가까이 좀더 크게 다가오는
말라붙은 가슴

할머니의 보퉁이가 쓸쓸해 보이는

김장하는 김씨

올 것이 왔다
올겨울은 유난히 추울 거라고
대머리 김씨는 잔뜩 긴장한다
해마다 맞이하는 겨울이지만

벗을 대로 벗어부치는 나무가 부럽고
생솔가지라도 마련해놓아야 하는
자신의 팔뚝을 보며, 김씨는
아궁이 앞의 깡마른 부지깽이를 걷어찬다

진눈깨비가 비웃듯 날리고
너무 늦은 게 아닌지
김씨는 고춧가루를 버무리며
뚝, 뚝 눈물을 흘린다
간을 맞춘다, 숱하게

스스로 무덤 파는 생을 살았다고
마지막 겨울일지도 모른다고
이제는 누군가가 자기를 위한 무덤을
파주었으면 좋겠다고 생각을 한다

자신이 먼저 들어가보았던
땅속,
구덩이에 김장독을 묻는다

속내와 함께 꼭꼭
밟고 밟아 다지고 있다

부지깽이 같은 팔뚝으로 아궁이에 불을 지핀다

못박힌 풍경

벽 속에 뿌리박혀
천형처럼 달아나지 못하는
해 저무는 가을
마른풀은 향기가 나고
중년의 여인은
여물 썰기에 여념이 없다
풀기 없는 얼굴은
손놀림과 따로따로
연신 입을 놀린다
중얼중얼 흥분하지 않고
아귀 잘 맞는 톱니처럼 돌아간다
옆에 있는 중절모의 사내
끌끌, 혀를 차고 있다
마루에 앉아 오래오래
무언가를 오물거리는 할머니
헐떡이며 바라보는
토방의 개 한 마리
그 혀에 둥글게 말린
바람 한 자락이 손등을 뒤집는다
시월이 들썩이며
가오리연이 하늘을 날고
강아지가 뜀박질하고
초가지붕에 눈 쌓인다
순간, 아무 일 없었다는 듯

안간힘을 쓰며
벽 속에 뿌리박은 못 하나

은행나무가 있는 우물

달밤, 고목 아래
평생을 같이한
긴 혀를 늘어뜨린 개 한 마리와
늘어진 러닝셔츠를 입은 늙은이
은행잎은 한껏 가랑이를 벌려 부채가 되었다
허여멀건 달밤,
잎잎은 한낮에 박힌 햇살에
희푸르게 멍들어 있다
남정네 여인네 할 것 없이
몇을 삼키고도
퍼내도 퍼내도 고여 있는
눈물,
늙은이가 밤새 길어올린 것은
맨가슴에 뿌리박은 긴 한숨이었겠다

카론의 봄

꽃은 피었으나 시들고
누군가에게 발각되고 마는 열매는
깨지기 쉬운 딱딱한 꿈
답할 수 없는 물음과 함께
뜬구름 잡으려 구름처럼
마냥 흘러다닌 날들
물음표처럼 등 굽은 당신의 물고기
언제까지 헤엄칠 수 있을까요
철없이 아무런 걱정 없이
언제나 살아나는 것들로 치장을 하던 봄
야윌 대로 야위어 마른 강바닥엔
덧난 상처처럼 자라난 잡초
꽃피는 당신의 품안에서
꽃잎 지우는 바람의 노래를 듣습니다
어머니,
우리 언제쯤 들까불며 출렁일까요?

화엄산에서

그대 왜 눈감아야 오시는가
눈을 감아야 오시는 그대

길 끝을 흐리우며 먼산 지우며
눈 내린다
새로운 발자국을 위하며
자꾸만 지워지는 길을 위해
눈은 내린다

고개 들고 일어서는 길
갈라지고 다시 만나
부딪다 흩어지고 보듬는 길
지나온 길 돌아보면
눈들,
하나의 눈이 되어 메우고 있다

눈은 내리고 눈물겨운 겨울나기
그대 오지 않아 눈을 감고
무딘 걸음 간다
가다 가다보면 바람은 자는가
내 눈 하나 메우지 못하고 눈 내린다
내 몸 하나 묻지 못하고 눈 내린다

먼산 귀퉁이

좀처럼 떨어지지 않는
별 하나
아직 반짝이고

눈 오신다
저만치 눈 오신다
눈감으라고 눈 오신다

가부좌 튼 산
어둠 끌어모아 열반에 든다

겨울 오는 첫번째 골목

사내는 천천히 고개를 들었다
안간힘을 써보지만
좁은 골목을 빠져나가지 못하고
불빛, 빵을 따라 하릴없다
꽃잎처럼 송이눈이 내리고 줄곧
사내는 주머니 속의 오렌지를 만지작거린다
가끔 어깨에 쌓이는
기다림의 부피를 털어내곤 하지만
이내 가슴에 얹히는
어쩌지 못하는 그리움은
시루떡처럼 쌓여간다
손끝으로 전해오는
따뜻한 기억을 떠올리며
엄지손가락이 조그만 불꽃을 튕겨올린다
이대로 재가 되는 것들과
부둥켜안고 어디론가 흘러가버릴
여직 날은 밝지 않았고
눈은 눈대로 내리고
가로등은 묵묵히
자신의 발등만을 비추고 있었다

3부

늘 그렇듯

한 그루 나무였던 시절
의지와는 상관없이 푸른 잎을
토해내야 했다, 늘 그렇듯
어느 순간 푸른색을 피해 꽃을 피웠으며
꼭 그만큼의 열매를 매달았다, 늘 그렇듯
거대한 손아귀가 남김없이 열매를
훑어내린다, 늘 그렇듯

시절만 남았다, 여지없이

금지된 노래

저 많은 나무들은 어디에서
온 걸까, 하지만 새는 떠났다
숲은 고요하고 비가 그쳤다
밑동부터 겹겹이
붉은 버섯이 돋고 있다
아직 방안에는
주름진 커튼이 드리워져 있다

이 도시는 어떤 힘으로
숲속의 질서와도 같은
꽉 짜여진 숨을 쉬고 있는 걸까
많은 것들이 무너져내리고
새들의 노래는 수많은 이유와 온유의 알을
낳고, 낳고 죽고 끊임없이
부화하곤 했다
어떤 빛깔보다도 아름다운 날들을 위하며

형형색색의 휘황한 불빛들
무엇을 찾아 어디에서 몰려든 걸까
굶주린 듯 눈알을 반짝이는 거리
낡은 바람이 성급히 지나가고
모래알이 쓸리며 피부로 느끼는 허기
가끔 보이는 돌멩이는 둥글게
발길에 차이면 구르며 살아가고

깨지지 않기 위해서

좀더 작아져야만 했다

날아라 황금팔

언제부터였을까, 내가
그의 또는 그들의 또다른 관심사가 된 것이
하루걸러 하루가 멀다 하고
마무리에 마무리를 거듭하여
마침내 얻어낸 골든 글러브
찬란한 그뒤에서 나는 자라고 있었다

그는 방망이를 들고 노려보는 상대에게
하얗고도 둥근 공을 예리하게
누구나 인정할 수 있는 스트라이크 존으로
아무도 예상치 못하게 통과시키곤 했다
가장 빼어난 투구
그뒤에서 나는 자라고 있었다

상대에게 던지는 공 하나
하나를 먹고 자란 나는 어김없이
빛나는 코너 워크보다 더 날카로운
비수가 되어 그의 팔꿈치를 찔러댔다
어떤 뛰어난 해설가도
내가 태어나는 울음소리, 성장하는
신음 소리는 듣지 못했다
오직 그 자신만이 알고 있었으나
타인들의 환호 속에 잠시 묻어두기로 했다
시즌이 끝날 무렵

팔꿈치에 꽉, 들어찬
나는 제거돼야만 했다
고도의 심리전도 두둑한 배짱도
1.5평 실내의 메스보다 더 노련하지는 못했다
단 한 줄 기록으로 남았을 뿐
흔적 없는 다이아몬드 구장의 거세된 푸른 꿈은
어디까지나 혼자서 감당해야 할 몫이었다

나는 자라고 있다, 오늘도
마운드 한복판에서
가끔은 관중 틈에 섞인

한때 내게 몸을 빌려주었던 자들을 보기도 한다
추수 끝난 들판처럼 그 쓸쓸한 표정
그리고 나는 본다
팔을 걷어붙이고 열을 올리는 자들
당장이라도 목숨을 걸듯이 흥분하는 자들
그러나 자리를 털고 일어서면 그뿐
재기의 공을 기다리는 어느 누구도
결코 세월을 탓하지는 않는다

스트라이크 존은 언제나
지금 통과하는 공만을 판정한다

허밍

지금도 잊을 수 없다, 나는
초등학교 이 학년이었고
담임은 박정희였다
유난히 긴 머리카락은
기억 속에서 잘 잘리지 않는다
백묵 가루에 쌓인 기억을 아무리 털어도
칠판은 칠흑 같은 흑판
다만 그 위로
똑바로 걸려 있는 선명한 액자
입을 꾹 다문 또다른 박정희가 있다

나이가 어렸으므로 그 시절, 나는
누가 뭐래도 유행가를 따라 부르곤 했다
지금도 잊을 수 없는
보조개가 아름다웠던 선생님
아무도 모르게 배가 불러오고 있을 때
교장 선생님께 불려갔는지는 알 수 없지만
어느 날 음악 시간 선생님께서는
허밍을 가르쳐주셨다
그리고 그것은 전혀 예상치 못하게
마지막 수업이 되었다

입안에 맴도는 묘한 쾌감, 나는
입을 열지 않고도

노래를 부를 수 있게 되었다
돌아보면 기억의 모서리는
닳은 만큼 더욱 날카롭다
칠판에 그려진 음표보다는
칠판 위에 걸린 액자의 사진
꾹 다문 입으로 전해오는 깊은 울림

지금도 잊을 수 없다
그 시절 그 텅 빈 포만

서울의 봄 99

꽃을 피우고
너무 많은 화려한
꽃을 피우고
채
열매를 맺지 못하고
시름시름 앓고 있는 나무 아래
그 성긴 그늘 아래
사람 서넛
늦가을 낙엽처럼
표정이 말라버린

장마, 떠도는, 지워지지 않는

여름보다 긴 장마다
반지하는 반쯤 더
땅속으로 가라앉는다
펴내지 못한 그리움, 가슴 가득
고여오는 빗물 목구멍까지 차오른다
지직지직 라디오는 귓바퀴처럼
구겨질 대로 구겨진 세상 이야기
잘빠진 음악을 귓속에 밀어넣는다
보는 데 익숙한 눈은
잡음 선별의 필요성을 느끼지 못한다
선풍기를 창 쪽으로 돌리고
몸을 길게 늘여 세상을 엿듣는
담배 연기를 토막토막 자른다
느낄 수 있다 분명 누군가
전파를 방해하고 있다
외침 소리, 군화 소리, 신음
소리 소리가 시대를 거슬러 질주하고
큰 물줄기를 따라 재편되는 세상
무엇도 바다에 닿지 못한다
붉은 꽃잎 떠다니고 서슬 퍼런
잠기지 않은 것들은 불안한 오후
장마보다 긴 빗줄기다

날개 없는 날갯짓

한 발을 내디디면 한 발자국 디딘 만큼
먼지가 피어오르고
한 방울의 비도 없이 계절은 바뀌었다
조간신문 구석구석엔
때 이른 된서리가 찍혀 나왔다
넓게 피워내 견고하던 플라타너스 이파리
자신을 지켜주던 계절에 의해
힘없이 져내린다 뚝, 뚝
눈물을 흘리는 사람은 아무도 없었다
흘러흘러 사구를 만드는 강을 보고 싶었다
시외로 빠져나가는 열차는 줄곧
앞만 보며 미끄러졌다
가슴이 뻥 뚫렸지만
어떤 새도 그곳을 통과하지는 못했다
먹은 것도 없는 속이 내내 울렁거렸다
뭔가 보여줄 게 있다는 듯
흐르지 못하고 붙박여
흔들리는 산을 들여다보았다
덜컹거리는 가슴에 노을이 와서 안긴다
붉은 갈대밭 깃을 치는 철새를 따라
날아오르지 못했던 날들이 일제히 파닥거린다
(그날들에) 갈잎을 띄운다
(그 손으로) 강심을 향해 물수제비를 띄운다
(그때마다) 가라앉는 깃털 같은 육신

날아오르지 못하면 가라앉는다

빈 들

쓰러진 그림자가
쓰러질 것 같은 걸음을 신고
보도 위를 미끄러져
간다 메마른 오후는 언제나 공중에서
부드러웠다 낙엽과 바람이 만나
서로의 몸을 탐닉하며 둥글게 말리어
날아오른다 교회당의 박수 소리에 맞춰
더 큰 박수를 치며 비둘기떼도 날아오른다
그림자 없는 벌판에서
빈 들의 교향악을 듣는다 허수아비는
해마다 같은 동작을 되풀이한다 누가
기도하는가 아무 소리도 들리지 않는다
꼼짝도 하지 않고 짐승들은
열을 맞추어 있다 산발을 한 채
쓴웃음을 토하며 돌아서는
당당한 어깨를 가진 이
그는 희망처럼 늘 뒷모습만을
남겼다 어떤 웅덩이엔 하얗게
배를 드러낸 고기떼가
물살의 애무에 몸을 부풀리고 고양이는
토끼보다 더 붉게 충혈된 눈으로
땅을 파고 있다
철새 오지 않는다
내내 싹이 돋지 않았다, 빈 들

시위(示威)

도심 복판 거대한
바퀴 밑으로
길 건너는
개

가는 길이
목숨 거는 길에
다름아니어도
길 따라, 간다

길 있어
가는 길
묵묵히 간다

길가 꽃 시들고
풀빛 바랜 아래
뚝, 뚝
노을 진다

개 피 같은

겨울 속 여름 풍경

점점 더 젊어지는 공원에 간다
연일 축 처진 어깨들의 축제, 새벽부터
꼬리를 물고 이어지는 단풍 든 행렬

정오가 가까워 오면
한끼의 식사를 위한
또 한차례의 부지런한 줄서기

산다는 게 줄서기였던가, 한때는
아슬아슬한 줄타기를 한 적도 있었는데
어느 순간, 때 이르게 눈 내린 사람들

벤치보다 더 딱딱한 표정이
오종종 꽂혀 있는 나무 그늘 아래
담장 너머를 응시하는 시선

날지 못한다는 생각조차 못하는
새들만이 종종거리는
거리는 반질한 기름기로 뒤뚱거리네

거울을 보다

1

앓다 일어나 흔들리는
거울을 본다, 잡념 사이
사이의 미세한 금
머릿속을 빠져나오는 구름 같은 기억들
앞다투어 겨울 들판 같은 거울을
가로지른다 깨진 것들은
언제쯤 다시 태어날까 생각하다
체온계를 떨어뜨렸다
조각난 수은 방울, 방울들
방향을 찾지 못하고
헤매다 쉽게 몸을 합쳐
하나가 되기도 한다

한 그루 나무였던 시절
질서정연하게 흘러간 곳엔
네모반듯한 질서가
숨쉬고 있었다, 숨막히지 않게
사포로 밀어낸 것처럼
매끄러운 얼굴들
포장도로를 미끄러진다, 나도
적당히 포장됐지만 한 계절을
넘기지 못하고 낙엽이 된다
수분이란 수분 모두 빠져나가고

벌레도 떠난 어느 날, 나를
쓸어 담는 빗자루는 적당히 닳아 있었다

2
오래 앓다 일어나 거울을 본다
컴컴한 속을 들여다보기 위해
좀더 크게 입을 벌린다
느낌도 없이 감탄사가 튀어나온다
마스크를 쓰고 입안을 볼 수는 없다
지독한 악취를 각오해야 했다, 빛은
들어갈 수 있는 곳까지 들어갔지만
어둠밖에는 비추지 못했다

밖은 어두울까 생각한다
밖과 상관없는 외출을 생각한다

한밤 내 들판을 헤매지만
풀잎이 없어 이슬은 맺지 않았다
어떤 새벽이 와도
굴뚝의 연기는 아궁이로 돌아가지 못하고
재가 되지 못한 마음
앓다 일어나 거울을 본다
어디로도 달아나지 못하던 희망
뭍으로 나온 잉어처럼

발버둥치는 맥박을 건져올린다
여지껏 까닭 모를 절실함은 없었다
깨진 것들은 모두 분노하지만
모서리가 닳아가고 있는지도 모른다고
이마의 땀을 훔치며 생각한다
내 손은 좀더 거칠어져도 괜찮겠다고
살아 있음을 확인이라도 하듯
까실해진 입술은 연신 중얼거린다

서리꽃

통로 없는 계절의 끝
어김없이 빈 들이 펼쳐진다
추수를 끝낸 들판처럼
거칠게 펼쳐지는 마음
어디에도 구겨 넣지 못했다
뿌리가 시큰거린다
마른가지는 바람 앞에서
대쪽 같은 회초리
누구도 가르쳐줄 수 없었던 것
아무에게도 말하지 않았으며
사이비 진술은 사이비
임이 드러났고 시는 계속 쓰여졌다
가끔, 별이 뜨는 밤은
눈물을 흘리기도 했다
똑바로 서지 못했던
날개 돋지 않던 날들
바람이 없어도 뒤척이며 일어서는 것들
날개 달린 꿈은 깃발처럼 펄럭였지만
혁명은 깃대 끝에 있지 않았다
멀지도 가깝지도 않은 곳에서
날지 못하는 새들이 운다
마음은 젖어 어미 새의 부리보다 더
딱딱하게 목 부러지던 어느 날
꼬리 잘린 음계들이 모여

악보가 되어 날아가는 것을 보았다
서리꽃 푸르게 피었다
찬바람에 헤쳐졌던 머리카락을 쓸어
찬물에 머리를 감는다
한 입김만으로는
훈훈함을 느낄 수 없다
세어지지 않는 날들 손꼽아 세어본다

4부

날

꿩, 꿩
아직 못다 본 일을 보겠다고
수꿩이 한 소리 할 때

때 이르게 핀 콩꽃은
콩콩 소리도 없이
볼일 다 봤다고 져내리는

오늘도
날은 날
꿩 울고 콩꽃 지는

조각 공원

1
쉼 없이 달려온 오후의 햇살
지방도처럼 파인 인부의 이마 위로
해풍의 비린내를 반짝인다
바다로 향하던 발길이 머무는 곳
평화를 쪼던 뭉특한 비둘기 부리와
지탱하지 못한 생의 휴식을 취하는
노인의 지팡이가 적이 한가롭다

2
꽤 오래전부터 조성되고 있던
공원의 일부가 완성되었다
잔디가 출입 금지 팻말을 앞세우고
낮게 엎드린 앞에는, 잡초처럼
살아가는 억센 풍경이 새겨지고 있다
팔다리가 잘려나가거나
터널처럼 가슴이 뚫린, 조각
공원의 한 귀퉁이에서
조각조각 떨어져나간 것들이 하나의
단단한 조각품을 완성시키는 것을 보았다

저 새로운 표정을 만들기 위해
얼마나 심각한 표정으로 작업을 했을까
어떤 결연함을 증거하고 싶기에

이토록 딱딱한 자세를 취하고 있을까
뼈를 깎는 고통이었을 순간들
깎여나간 것과
길게 흘렸을 땀은 어디로 갔을까

3
뭍바람이 발길을 재촉할 즈음
고개 숙인 가로등을 따라가며, 묵묵히
자신의 발등을 바라보는 것이
길 밝히는 것임을 알았다, 순간
분노처럼 일어서는 파도가

고개 숙이는 것을 보았다
그리고 보았다
비탈에도 길이 있고
그 길엔 중심을 잃지 않는 소나무
그리고 못다 본 풍경은
아,
아슬해 보이는 한 쌍의 날갯짓

4
어쩌다 가슴에 새겨지는 사연은
추억이라는 이름으로 조각한다, 저마다
나를 다듬는 것은

고개 숙인 침묵인지도 모른다며
생각의 곁가지를 쳐낸다, 때로
눈앞에 망망대해가 펼쳐질 때
더 많은 것을 볼 수 있었다

토말(土末)

—마을이 있는

무엇이 보이는지요 바람이 깎아놓은 조각들 보았나요 표창처럼 박혀 흔들리며 반짝이고, 하염없이 밀려오는 것들 가슴이 젖고 있어요 어떤 폭풍에도 끄떡없는 더이상 부서질 수 없는 모래알들 촉촉한 건 눈물 때문인지요 파닥거리는 마음이 출렁일 때마다 글썽이는 눈망울 쌓아 올렸던 모래성이었나요 가장 거센 파도가 오는 날 모든 것들이 해저로 숨어들 때, 내 눈에 비치던 평등하다고 생각했던 평평한 것들은 얼마나 사나운 것인지 차마 알았어요

바람 없는 날이면 연주할 수 없는 악보들만이 수면 위로 떠오르고 그런 날이면 이곳까지 놀러 나온 철없는 햇살이 쪼아놓은 바위에 앉아 휘파람을 날리곤 하는 괭이갈매기 군이 아무 소리도 들으려 하지 마세요 너나 할 것 없어요 단지, 서로의 손끝에서 얼기설기 얽혀 있는 그물처럼 촘촘한 살내음을 맡으세요 누군가의 생이 막막하게 시작되기도 하고 손질 잘된 낡은 어선 몇 척이 피안을 꿈꾸는 곳 눈을 감고 맑아지는 물을 보세요 누군가 앙금이 되어가고 있어요 귀를 기울이세요 비릿한 느낌이 웃고 있군요 마음의 물결 속에는 침묵을 가장한 노래가 쉴새 없이 웅장하게 흐르고……

잔설(殘雪)

별 좋은 날은
반짝이는 것들이 많기도 하고
덩달아 그리움도 돋아나는 새싹인데
사람아,
사랑하는 사람아
어찌 그대 먼산의 잔설인가
이 별 짱짱한 날

봄봄

쉿, 주의하세요
꽃 피는군요
겨울은 견디는 자만을 위한 것

견딜 수 없이 꽃이 벌고 있는
벚나무 아래
벌받듯 세상을 떠받들던
물구나무서는 마음이 고꾸라집니다

주의하세요
혹,
상처인 줄도 모르는
발밑에 민들레 돋아나는지 모릅니다

자갈

몸 푸는 봄 강가에 나가
자갈자갈 흐르는 강물에
발을 담근다

몇 리를 걸어왔나
아직도 덜 익었는가
시린 복사뼈가
새벽별처럼 단단해진다

흐르며 맑은 강만이
제 안에 푸른 산을 보듬고
늘 강물을 떠받들고 있는
앉은 자리가 제자리인 자갈들
하, 모난 놈이 하나도 없네

엉덩이 하나로 한세상
거뜬히 건너고 있네

먼길

사랑이라고 사랑이라고
그대에게로 벋었던 길
고요해지면
고요해져 그 길 지워지면
그 길 지워져 잡초 무성해지면
아슴히 풀벌레 울겠네
밤하늘인 듯 내 마음인 듯

134번 종점

하여, 사랑이라며
지독한 사랑을 생각한다

갈 데까지 가보면 그곳에는
말이 필요 없는 조그만 시장
나팔꽃처럼
시끄럽지 않게 피었다 지고
경적을 울리며 하루를 마감하는
버스도 트럭도 용케 유쾌하지 않다

이곳에 자리를 잡는 것은
그다지 어렵지 않았으며
막상 자리가 잡힌 사람은
누구라도 떠나기를 원했지만
그것은 쉬운 일이 아니었다

기적이 일어나지 않는 막다른 골목
가죽점퍼에 검은 모자를 눌러쓴 소년이
백사장의 햇살처럼 튕겨져나간다
하나의 상징에 지나지 않는
사건은 곳곳에서 일어났다

여유가 없다는 이유로 시끄럽거나
일시에 차분해지는 거리

사거리가 십자가처럼 걸리고
네온사인 아래 구두 위로
쏜살같이 달아나는 검은 승용차와
양심의 가책이 연쇄 충돌하고 있다

건조주의보

한 번쯤 귀기울여
꽃잎 지는 소리를 듣곤 하지
폭풍처럼 봄이 오는 나른함
몸 뒤틀며 만발하는 고통의 기억

나뭇가지 사이 바람이 부르는
텅 빈 노래
꽃바람은,
꽃바람은 없다

불행과 다행 사이
오늘도 바람이 불고
사막은 또나른 사막으로
몸을 바꾸지 못한다

모래알들은 자꾸만 기억의 저편
도시의 한쪽으로 쓸려가고 있다
징상이 수상한 날들이다

길 위의 거울

길을 걷다가
길인 줄도 모르다가
걷고 있는 줄도 모르다가
헐떡이며 쉬다가
쉬다가 나는 저만치 있는
나를 보아버렸다
나는 어디에도 없었다

길을 벗어난 자 감옥에 갇히고
감옥을 벗어난 자 길에 갇힌다
기도해보지 않은 자 있는가
바람의 채찍에 생채기
나지 않은 자
또 어디 있는가
나는 어디에 있는가

맹아(萌芽)

꽝꽝한 겨울을 건넌다
얼어붙은 겨울 산을 오르며
나는 거대한 침묵을 본다
단단한 바위틈에서 스며나오는
물방울의 투명함
품고 있던 둥지도 새들도 날려보내고
가장 가벼운 몸뚱이로 한철을 나는
겨울나무와 그 뿌리께에서
푸른 숨을 쉬고 있는 이끼
눈더미를 이고 안간힘을 쓰는 소나무
그 장엄한 견딤을 본다

벼랑 끝에 서서 울부짖던
쓰라린 상처를 핥고 있을 짐승들의
어두운 동굴과 퀭할수록 빛나는 안광
불행쯤은 먼 나라 얘기라고 생각하는
좀더 불행한 자들과
귓전에 맴도는
짐짓 자신의 언어인 양 지껄여대는
앵무새의 새빨간 거짓부리에 대해서
여기 화염에 휩싸였던 산은
단호히 침묵으로 답하고 있다

별똥별의 매끄러운 곡선이 끝나는 곳에

아직도 살아 있는 유년과
발뒤꿈치에 밟힌 달팽이의 허물어진 집
해가 지지 않는 곰소의 빛나던
염전과 곰소항의 낡아가는 목선은
이곳 산정에서 활활 타오르고 있다
더는 오를 수 없는 곳에 새로운 길이 있다고
갈탄 난로 위의 찌그러진 백주전자
그 뜨거운 가슴속 언어처럼 끓는 물이 언제부턴가
한껏 침묵으로 답하고 싶어한다 비로소
폐허 속에서 한마디 말도 없이 움트는
지독한 무엇이 있다는 것을
더는 오를 수 없는 이곳
겨울 산정에서 뜨겁게 느낀다
화염에 휩싸인 화엄의 사랑 안에서

소인(消印) 없는 편지
—노래를 마치며

젊은 날의 웅숭그리던 그림자 위로
뜨겁게 고이는 눈물 위로
눈발이 날린다 연막처럼
일제히 일어나
바닥에서 벽에서 거리에서
그날을 향해 몰려들어
불꽃이 되었던 날들
그저, 그리운 나방이 되어 타들어가면
목을 졸리운 알전구 속이 아니어도
너와 나에겐 움켜쥘 한줌의 공기도 없었고
필라멘트처럼 바알갛게 달아 있는 건
우리의 숨결이었지
어느덧 소음이 잦아지고
셔터도 굳게 입을 다물었다
바람이 불어간다
희미한 외등이 제 몫을 밝히고 있다
햇살을 그리워하는 것들과
반주는 끝이 났어도
전주 없는 노래를 다시 청한다
멈추었던 노래를 불러본다
이번엔 시작하는 음을 낮춰 잡는다
처음부터 목청을 높이고는
끝까지 마저 부르지 못한다는 걸
어렴풋이 알게 된

사랑 안의 조그만 것들
다시 꺼내본다, 그리운 사람아

문학동네포에지 070

숲을 떠메고 간 새들의 푸른 어깨

1판 1쇄 발행 2004년 11월 10일
2판 1쇄 발행 2023년 2월 6일

지은이 — 고찬규
책임편집 — 김민정
편집 — 유성원 김동휘 권현승 유정서
표지 디자인 — 이기준 김문비
본문 디자인 — 김문비
마케팅 — 정민호 이숙재 김도윤 한민아 이민경 정유선 김수인
브랜딩 — 함유지 함근아 김희숙 고보미 박민재 박진희 정승민
제작 — 강신은 김동욱 임현식
제작처 — 영신사

펴낸곳 — (주)문학동네
펴낸이 — 김소영
출판등록 — 1993년 10월 22일 제2003-000045호
주소 — 10881 경기도 파주시 회동길 210
전자우편 — editor@munhak.com
대표전화 — 031-955-8888 / 팩스 — 031-955-8855
문의전화 — 031-955-2696(마케팅), 031-955-8865(편집)
문학동네카페 — http://cafe.naver.com/mhdn
인스타그램 — @munhakdongne / 트위터 — @munhakdongne
북클럽문학동네 — http://bookclubmunhak.com

ISBN 978-89-546-9024-9 03810

www.munhak.com

문학동네